AL OTRO LADO
DEL ESPEJO

ExLibric

MARÍA JOSÉ CASANUEVA

AL OTRO LADO
DEL ESPEJO

EXLIBRIC

ANTEQUERA 2025

AL OTRO LADO DEL ESPEJO
© María José Casanueva
Diseño de portada: Dpto. de Diseño Gráfico Exlibric

Iª edición

© ExLibric, 2025.

Editado por: ExLibric
c/ Cueva de Viera, 2, Local 3
Centro Negocios CADI
29200 Antequera (Málaga)
Teléfono: 952 70 60 04
Fax: 952 84 55 03
Correo electrónico: exlibric@exlibric.com
Internet: www.exlibric.com

ISBN: 979-13-87707-76-7
Depósito Legal: MA 923-2025

Impresión: PODiPrint
Impreso en Andalucía – España

Nota de la editorial: ExLibric pertenece a Innovación y Cualificación S. L.

MARÍA JOSÉ CASANUEVA

AL OTRO LADO
DEL ESPEJO

Acariciando el tiempo

Lo real y lo ficticio se mezclan en nuestra mente para construir nuestros recuerdos y, a su vez, nuestra identidad. Los recuerdos suelen ser tristes hijos del pasado, de aquello que fue y ya no existe, retazos de la memoria, álbum antiguo de fotografías, el perfume perdurable del tren de los recuerdos.

En el jardín de las delicias, bajo nubes de algodón, en la tierra mágica en la que crecí, entre chopos, álamos y el trinar de las aves, recorríamos la ribera acompañando al río Tormes, transparente y caudaloso, encajonado entre graníticos berrocales. Sobre nosotros, solo el azul del cielo, hojas verdes de verano, hierba mojada en los pies, el mundo, nuestro hogar.

Caminantes traviesos, aventureros locos, saltábamos de piedra en piedra atravesando las viejas pesqueras que unían ambas orillas y peinaban la corriente dirigiendo las alegres aguas hacia las aceñas de muros de piedra que, como don Quijote, tomábamos por castillos.

Juegos infantiles cuando el mundo para mí era todavía redondo, la vida se movía en bicicleta, llevaba pantalón corto y sandalias, en un escenario, patio cálido y acogedor de mi infancia. Entramado de callejuelas donde el tiempo parecía haberse detenido dejando sus huellas de tinta indeleble en las piedras de su castillo-fortaleza y su patio de armas, su puente romano de cinco ojos y sus murallas de piedra granítica.

Todo el verano era nuestro, mapamundi de juegos y sueños, inmenso jardín, infinitos horizontes dorados en la mirada y nuestro guía, el azar trotamundos. Todo dentro y fuera de nuestro mundo perfecto giraba con nosotros emulando a los siete secretos.

Sentada al borde de aquel carrusel de percepciones, entré de pronto en un espacio de luz. En el interior, brisa de primavera, viento de abril dibujando bellos paisajes, anhelos enredándose unos con otros tejiendo ilusiones, flores rebeldes floreciendo a escondidas.

Los días del arcoíris susurrándome otras historias. Tendidos en la yerba, en el jardín del Edén, rostros mirando al sol, caminando siempre juntos, cogidos de la mano, compartiendo, felices, el sabor de la vida. Flores en el pelo perfumadas de juventud y frescura que creíamos eterna porque el tiempo era todo nuestro. *Strawberry fields forever.*

Primeros balbuceos del corazón buscando la puerta del amor, melodía desencadenada de dulces arpegios y, a flor de piel, el temblor del primer «te quiero» mientras bailábamos a media luz. Apasionadas melodías, noches de blanco satén sin final, colmadas de ríos de caricias nuevas y el dulce sabor de los primeros besos.

Jardineros del amor, lluvia en los cuerpos, corazón al viento, primavera en las manos jugando a cosas prohibidas llevados por el poder evocador de los sentidos. Embriagadores amores quemándonos la piel, baladas para Adelina a la luz de la luna que nos rozaba con sus rayos sobre el terciopelo de un universo de poesía. *Sweet Dreams* que, durante algún tiempo, atravesando fronteras, viajaron hacia la belleza de las costas de la Bretaña francesa. Marie *la mer*, ave de amor a flor de piel en un cielo infinito.

Días de sol y rosas, escalera al cielo, compartiendo sueños preñados de canciones protesta rasgadas en las cuerdas de una guitarra, trovadores combatientes e idealistas, palpitantes gargantas.

Toda una generación en movimiento, en el alma una sola bandera, conjugando el futuro. Un ensayo general revolucionario de ensoñación y de barricadas donde miles de jóvenes, guerrilla urbana en pantalones de campana, en una eclosión de ideales y causas, entonaban al unísono un poderoso himno contra el orden establecido, vientos de cambio rompiendo cadenas bajo el paraguas del «prohibido prohibir». El amor como principio, el orden como base y el progreso como meta. Un horizonte utópico de libertad en las calles, solo manchado por las oscuras siluetas de «los grises» sobre los adoquines con la violencia a flor de piel, sombría muralla en nuestro horizonte.

Escultores de nuestras vidas, en nuestro corazón, para siempre en *blue jeans*, peinadas a lo *garçon*, nunca traicionamos nuestra juventud. Como Juan Salvador Gaviota, antes de rendirnos… fuimos eternos en la ciudad que hechiza la voluntad de volver a ella.

El tiempo siguió fluyendo como un río hacia el mar y, esclavos del reloj, el verano dejó paso al otoño. Los años, poco a poco y sin hacer ruido, fueron pasando inadvertidos, camino espinoso y estrecho, curso irrevocable. Durmientes sentados en la playa del olvido, aparecieron la fría ausencia, la añoranza, las noches desnudas sin luna y los silencios. La lluvia del tiempo, materia de la que está hecha la vida, cayendo sobre nosotros.

Palmeras en la nieve, soñadores desterrados, maquillando la melancolía, reconstruyendo el paraíso perdido con viejas fotografías de otros paisajes, encadenados a aquellas melodías que nunca morirían. Mil canciones en la piel, plumas al viento, violines de melancolía tocando un largo solo.

Mientras, el otoño desnudaba los árboles vistiendo mi casa de gris, en el corazón, árbol que azota el viento de la vida, solo horizonte de tardes solitarias, nostalgia de cielos lejanos, anhelos enredados y, el amor, navío encallado en la niebla, acariciando sombras.

Transeúnte vestida con el traje de la soledad caminando bajo la lluvia por las calles del silencio, solo río de suspiros, ruido de viento y tiempo. *Feelings*, sensación agridulce que te envuelve cuando los sueños se vuelven escurridizos y no tienes vínculos que abrazar. *On est bien peu de chose et mon amie la rose me l'a dit ce matin.*

Un paseo por la ciudad de mi vida, en busca del tiempo perdido y me vuelvo junco. Resuenan en mi cabeza las notas del ayer, viaje musical, memoria callada que, como las viejas piedras, me cuentan historias pasadas mientras contemplo el presente, banda sonora en ininterrumpido movimiento fluyendo como un río, llamándome.

En mi corazón de poeta suena un adagio, cincuenta y cuatro negras por minuto, piedras y perfume de tiempo alrededor y vuelve la calma.

Miro al cielo y echo a volar los recuerdos, el ayer y el hoy se funden en uno y se vuelven presencia. Fuente de riqueza infinita que, desde el rincón del olvido, viene a mi encuentro revolviendo las flores muertas del pasado, encendiendo las estrellas en la oscuridad. Llama que nunca se apaga, pues somos la prolongación de lo que fuimos.

Con las notas de las canciones que creía ya olvidadas fui tejiendo poco a poco poemas con palabras azules, esas que se dicen con los ojos y hacen a la gente feliz, aunque después no sepas durante cuánto tiempo podrás seguir cantándolas.

El futuro nos atormenta, el pasado nos frena, por eso, el presente se nos escapa, pero nunca es tarde para lo inesperado en el jardín del presente, para soñar un nuevo sueño, un tiempo de rosas, enredándote con sus versos. Procuremos más ser padres de nuestro porvenir que hijos de nuestro pasado.

Play me, porque nada va a cambiar mi mundo y la melodía que fui nunca morirá. Sobreviviré, me quedará la danza de la vida, canción de principio a fin, himno infinito de notas negras y blancas, las rimas y las palabras que brotaron de mí, la belleza de lo vivido, todas esas cosas que amasé sin saberlo, los caminos del pasado besando el presente con los brazos abiertos al destino.

En la vida, siempre en movimiento, todo es ir, nunca es tarde para lo inesperado, lo imprevisible, para soñar un nuevo sueño. Trata siempre de mantener un trozo de cielo por encima de tu vida. El único verdadero viaje de descubrimiento consiste no en buscar nuevos paisajes, sino en mirar con nuevos ojos.

Aprended, flores, en mí
lo que va de ayer a hoy,
que ayer maravilla fui
y hoy sombra mía aún no soy.
GÓNGORA

Adenda

CANCIONES

Los días del arcoíris. Nicola di Bari.
Flores en tu pelo. Scott Mackenzie.
Strawberry fields forever. The Beatles.
Puerta del amor. Nino Bravo.
Melodía desencadenada. Righteous Brothers.
Noches de blanco satén. The Moody Blues.
Balada para Adelina. Richard Clayderman.
Marie la mer. Salvatore Adamo.
Escalera al cielo. Led Zeppelin.
Vientos de cambio. Scorpions.
Para siempre blue jeans. Neil Diamond.
Time. Alan Parsons Project.
Palmeras en la nieve. Pablo Alborán.
Feelings. Morris Albert.
Mon amie la rose. Françoise Hardy.
Las palabras azules. Christophe.
Play me. Neil Diamond.

TEXTOS LITERARIOS NOMBRADOS

En busca del tiempo perdido. Marcel Proust.
Juan Salvador Gaviota. Richard David Bach.
El licenciado Vidriera. Miguel de Cervantes.
Curso de filosofía positiva. Auguste Comte.

Acariciando sombras

Frente al espejo, para no perderse en lo invisible, atrapado en la telaraña de una vida que no entiende, se preguntaba quién era, quién escogía, la vida o él.

Me he vuelto pequeño esperando que el mañana escribiera para mí otra historia. Ni siquiera estaba seguro de estar vivo, puesto que vivía como un muerto. Blanco es el ayer, no tiene color el porvenir y, desnudo de ellos, me pierdo olvidando mi antología, construyendo imposibles.

Julio, metáfora del esfuerzo inútil e incesante del hombre, salió a la calle buscando en los espacios abiertos algo de consuelo a su desesperación, buscando resquicios donde plasmar los deseos.

Mientras caminaba ciego y ausente, hundido en la tierra gris de sus pensamientos, su terremoto interior hacía mucho ruido. El viento en su espalda, sus pasos se perdieron por el espacio denso y asfixiante de la ciudad, rodeado de cuerpos, carcasas vacías con la mirada al ras del suelo, invadido por las pantallas y los semáforos que cambiaban del rojo al verde, en un continuo baile sin canción. Perdido entre la gente, caminó despacio por las calles de la ciudad mirando hacia atrás, con el sol en la frente, con la luna en los ojos, con la lluvia en el alma, acariciando sombras. La palabra imposible martilleó por unos instantes su mente mientras miraba el mundo y su indiferencia. Las rocas no pueden volar o quizás volar es imposible.

Paseante solitario por un camino de errores, fiel fotografía del fracaso, dueño de nada, sin memoria ni nombre, corazón mutilado de esperanza, sumido en un eterno *spleen* vestido de un negro insaciable que crecía voraz, ve pasar los días varados en el lienzo blanco de su vida.

La vida se encogía dejando miles de reflejos a su paso. Imposible unir todos ellos y volverlos pentagrama o música finita. Roto su mundo, sus pensamientos revoloteaban, tormenta clandestina, en su cabeza.

La vida nos olvida y así pasan los días, de lunes a domingo, viviendo entre las sombras, mirando al cielo por si el sol, algún día, decide regresar y calentar los días que están por venir y casar las estaciones y el cielo, si hay cielo, y vuelve a ponerse a mi favor.

Las dudas nos subyugan y terminan arrastrándonos a la inactividad o al conformismo. Resiliencia, ser fuerte a pesar de las tormentas. Cuando hay tormenta, los pájaros se esconden, pero las águilas vuelan más alto. El universo y el destino nunca se detienen, cada instante es toda una vida, todo se mueve y nada es en vano, aunque tú, ahora, no lo veas.

Abre tu puerta para ver salir el sol, colorea tu mirada de cielo azul, libera tus alas y vuela, aunque volar sea imposible, lo que quieras te lo traerá el viento. Quítate las viejas ropas y, con el alma desnuda, prendido en tu falda el viento de la libertad, busca tu camino en otros paisajes.

Deja que la vida te vuelva a besar despacio. Hay un universo de pequeñas cosas en tu jardín, guarda lo que vale más en tus bolsillos. No siempre es de noche, abre una ventana, deja que asome el resplandor de la ilusión y vuélvete mimbre. Nada es imposible. La vida es una rueda que gira y, cuando menos te lo esperes, despejará las dudas que te queden y te arreglará las costuras del alma.

Lo que te hace avanzar son los pasos, no el camino.

Al otro lado del espejo

*Un solo ser nos falta
y todo está despoblado.*
ALPHONSE DE LAMARTINE

Pierre era un hombre inteligente y culto. Soñador irremediable, vive secuestrado por las fantasías instaladas en la cultura: «la media naranja» o el «amor de la vida». Persuadido, como todo el mundo, de que hallaría en el otro la felicidad para toda la vida. Absolutos insensatos, imaginarios colectivos a partir de los que surge la idea de que solo hay una persona «predestinada» para ser nuestra pareja, nuestro oasis en el desierto que todos habitamos.

Julia, fuerte y contradictoria, tenía mil defectos que la hacían terriblemente perfecta. Cuando la conoció, no podía dejar de mirarla. Pero Julia es una mujer atrapada dentro de su propio infierno de resentimiento y temor. Cuando despierta esa especie de monstruo que lleva dentro, pasa de la mayor ternura a la máxima agresividad sin que haya hechos que justifiquen este cambio. Pierre siente como si todo el tiempo estuviera pisando cáscaras de huevo.

Empujado por la obsesión por conseguir su amor, costara lo que costase, llega, incluso, a hacer de él mismo una mentira: cambiar gustos, hábitos, apariencia, oruga transformada en mariposa. Volverse eco, perro fiel, marioneta esclava de sol a sol. Inmolarse para después reconstruirse y caminar junto a ella eternamente, en un mundo sin tiempo. Amor de bolero: «si tú lo quieres, puedo, amor, ser sombra, cuerpo inerte, volverme invisible, transparente, ser silencio que envuelve, confundirme con tus enseres. Si tú lo quieres».

El precio por soñar, su identidad. Una mañana se levanta, va al cuarto de baño, se mira en el espejo y no se reconoce. Hay otra persona al otro lado del espejo. Tampoco reconoce lo que le rodea. La realidad no tiene el mismo aspecto de siempre, se ha perdido o se ha distorsionado, solo una habitación vacía llena de espacios vacíos vestidos de gris, su vida, una mentira. Los espejos no mienten, pero la locura siempre encuentra lugares donde esconderse.

Mientras, al borde de lo irreal, entre el miedo y el abandono, esperando que la luz llegara y le iluminara, esbozó una sonrisa placebo frente al espejo, dibujada con lo poco que le quedaba de lo que creía indeleble huella. Intentó recrear conversaciones, rescatar imágenes, promesas hechas y sueños compartidos, algo a lo que aferrarse para no perderse en aquel mundo paralelo, oscuro pantano silente de recuerdos, brazos vacíos aferrándose a la nada. El silencio tiene el rostro de las cosas perdidas. Solo quería curarse de aquel vacío que lo ocupaba todo.

—Esta noche no escucharé tu voz. Lo que queda de ti, solo una larga ausencia, una eterna danza que hace demasiado ruido para dejarme dormir. Duele cuando muere el poder del amor.

Surgieron las lágrimas al otro lado del espejo, rostro sin dueño, huérfano de sí mismo, perdido en la angustia de buscarse y no encontrarse, solo extensión de otro cuerpo disfrazado de amor, imposible de abrazar, prisionero en la cárcel de otra piel, cenizas de un viejo placer, huellas que aún se dejaban ver, tinta indeleble de los días.

Sin pasado ni presente, ya no le quedaban verbos, pues, sin tiempo, no los podía conjugar. Desaparecidos pasado y futuro, solo le quedaba el presente y, para qué conjugar lo que no tenía. Tampoco encontraría pronombres que enunciaran los verbos, sin un «tú» ni un «yo», ni un «nosotros» que anteponer a los hechos.

Perdidos los sueños, solo le quedaban ojos de invierno, lluvia de hojas muertas, preludio de un tiempo frío y gris de noches solitarias e infinitas mañanas sin dueño. Noches blancas y días negros mientras dejaba crecer la hierba en su puerta, enamorado ahora de la derrota. Frío y roto lamento, cantor de silencios.

Barco a la deriva y sin bandera, navega roto por la calle de la vida bajo un cielo plomizo, entre la derrota y los deseos, entre el blanco y el negro, entre los adverbios de tiempo. Solo piezas dispersas en el agua tras el naufragio. ¡Qué lejos el mar de los dos!

Tiempo y palabras al otro lado del espejo:

—Mentías cuando dijiste que me amabas. He intentado ser lo que tú esperabas de mí. Creí que mi corazón estaría a salvo entre tus manos y casi borro mi nombre por perderme en el refugio de tu piel, casi me mata la experiencia de dejar mi vida a tu suerte, perro fiel dentro de su prisión, tú por encima de todo, mi cielo en tu infierno. Te quedaste con todo lo que tenía, dejándome huérfano de mí mismo.

»¿Qué había de mí antes de ti? Yo, pobre idiota. No sé cómo dejar atrás tu huella, salir de la nube del sufrimiento, del llanto y de la maraña de recuerdos. Lo mejor será perderme en el silencio que dejan los sueños rotos.

Letanía de un corazón llorando a la orilla de lo desconocido, vuelo perdido del ave que busca sus sueños, violines de melancolía tocando un largo solo.

Intentó jugar al escondite con el pasado, ocultarse de sus propios pensamientos, de los hilos invisibles de los fantasmas de la noche y de los silencios que ocupaban la casa, burlar al insomnio, borrar toda marca de su piel.

No quiso encadenar más pensamientos negativos que le condicionaran. Para tener algo que abrazar, puso algo de música. Cerró los ojos, aumentando así su efecto emocional. Buscando un refugio, se encontró a sí mismo. Cada nota pintaba un sueño nuevo que antes no había visto. Los ríos solitarios también fluyen hacia el mar.

Señales de vida, lluvia de abril abrazándole. Existía un mundo más allá del que él veía:

—No quiero colgarme de los recuerdos. No hay nada que puedas decir o hacer, solo alejarte. Aunque todo parece decir tu nombre, olvidaré tu perfume, guardaré la herida, pero borraré tu nombre. Nunca podré ser un yo sumado a un tú. Ahora todo lo que quiero es morir para nacer a la vida. Tarde o temprano seré libre para dejar atrás esta noche.

Cruzar el desierto, erguir la mirada, dibujar poco a poco una salida y abrir la puerta y las velas al viento, aunque no supiera dónde le llevarían, podría sembrar en su camino un nuevo destino. Al fin y al cabo, el sol brilla en todas partes.

Aunque ella caminaba todavía por su mente arañando sus sueños, magia en el espejo: la vida era más grande que ella. Empezó por desechar todas las ideas y creencias tóxicas, sustituyó los argumentos aprendidos por nuevos argumentos y renovó paradigmas.

Revisó su aspecto en el espejo:

—Quiero cambiar mi ropa, mi pelo, mi cara, construirme un nuevo yo, renovar decorados, romper todos los silencios hasta encontrar mi propia voz. Antes yo estaba en ninguna parte, el tiempo pasaba sin mí; solo invierno y niebla. Hoy, por fin, puedo decir que antes era ayer.

El espejo le sonrió.

Dijo adiós al pasado y hola a lo que estaba por venir. Entre los días y las noches, encontró su camino y comenzó así a escribir una nueva historia, borrando las líneas de todas las páginas ajadas por el tiempo y abriendo otras nuevas al destino. Nunca antes había volado al amanecer.

Si la montaña es muy alta, rodéala. Nada inspira más que un acto de rebeldía en tiempos turbulentos. Si ganas, lo ganas todo; si pierdes, no pierdes nada.

Solo nos convertimos en lo que somos
a partir del rechazo total y profundo
de aquello que los otros han hecho de nosotros.
JEAN-PAUL SARTRE

Cielos lejanos

En su corazón, solo horizonte de tardes grises y un largo invierno de luces artificiales y cielos lejanos; solo ruido de viento y tiempo, murmullo sin eco en el valle del olvido. Pájaro herido en una guerra cruel, sonrisas y lágrimas sin alas, queriendo inspirar compasión. Alma rota, hundida en la nostalgia, perdida y sola en un callejón sin salida donde no llega la luz acariciando sombras, sin ninguna huella que seguir; solo noches espesas de silencio.

Para llenar los espacios, engaña sus penas con el licor mientras naufraga en su propia historia, recorriendo la ciudad vacía de decorados y callejones umbríos. Mar de incomprensión y soledad sin vuelo de mariposas ni lluvia de abril que le devuelvan la primavera; sueño dorado donde derramarse. Su vida, muerta la ilusión, solo polvo en el viento, crepúsculo y bruma, eterna balada lejana que gira besando el vacío con su aliento de lluvia otoñal, vistiendo la casa de gris.

Río que se pierde en un mar de soledad, voz de tristeza entre los chopos y playas desiertas. Alma herida de melancolía, hilo de seda, sueños rotos, lluvia desnuda de querencias; ahogado canto de sirena recordando un pasado que murió entre las costuras rotas del alma. Al otro lado del sol, manos vacías de canciones y quimeras, llenas de sombras, rosas marchitas de tiempo nadando en el olvido y la ausencia. Noches blancas de sabor amargo arañando nostalgias, enredando el aire con ruido de cristales, sin sueños ni duendes; solo sequía de palabras de amor y de pasiones, de siluetas que acariciar.

Quería volver a ser bailarina del amor, levantar nuevos castillos, derribar murallas, detener el reloj, rellenar vacíos, devolver la luz a sus noches de enero a diciembre para no seguir en la penumbra y reconciliarse con su mundo. Vivir, vibrar de nuevo con el viento a su favor.

Crononauta

*La distinción entre pasado, presente y futuro es
solo una ilusión obstinadamente persistente.*
A. EINSTEIN

Una tarde, mientras daba mi habitual paseo vespertino,
tras una breve sensación de debilidad, confusión y desorien-
tación seguida de la extraña impresión de estar fuera de mi
cuerpo, perdí la conciencia y me desplomé como una marioneta que pierde sus hilos. Me vi de pronto desconectada
de lo que momentos antes me rodeaba; entre el mundo y yo,
un espeso velo. Todo a mi alrededor desapareció e, inmersa
en una gran burbuja, sufrí una experiencia expansiva que
me llevó por los vértices del tiempo, perdiéndome en sus
mapas, en un largo y sutil vuelo de pájaro por el espacio
subjetivo de mi mente, etérea vagabunda atemporal tras
los pasos de la eternidad, polvo de cometa entre el cielo
y la tierra.

Mientras giraba en la oscuridad y descendía desafiando
la ley de la gravedad, atrapada en aquel abismo profundo,
las murallas del espacio y el tiempo se derrumbaron en-
tremezclándose. Las elásticas cremalleras del tiempo subían
y bajaban, de lo pasado a lo presente, de lo presente a lo
futuro; relojes marcando las horas, ahora suspendidas en
el tiempo, banda sonora en ininterrumpido movimiento,
fluyendo como un río, llamándome.

Un océano de impresiones desplegándose me invadió de repente. Miles de imágenes se deslizaban y bailaban ante mí, dejando a su paso miles de reflejos y extrañas luces que, mágicamente, se escabullían poco después. Imposible unir todas ellas y volverlas pentagrama o música finita; solo encontré líneas inconexas, imposibles de seguir, lejanos puntos perdiéndose en el frenesí de aquel caos.

Sola en el vacío, me atrapó el vértigo y, impresionada, no quise ver más. Sentí frío, mucho frío de ángulos que penetran, entre la belleza y el miedo, el gozo visionario y el deseo de huida hacia momentos inmóviles, esos que te devuelven al tacto de las cosas.

Traté de escapar mirando mi cuerpo, pero lo encontré desnudo de tiempo. Después, llevada por la debilidad humana de entenderlo, me dejé seducir por aquel vuelo y su movimiento cadencioso, el cuerpo y la mente sintiendo, llenos, atentos. Plenitud intangible, verdad y sueño que me llevaban confundiendo direcciones.

Bailando entre la oscuridad y el caos de aquellos destellos espontáneos de la mente, flujo cosmológico de mi existencia, traté de hilvanar realidades y sueños, y devolverlos a su estado primigenio. Recuperar así lo que el alma sabía mientras jugaba con el baúl secreto de los recuerdos. Volver a revolver en los cajones, esos que creía vacíos y encontré llenos, para perderme en el mar inexplorado de sus recovecos, de las cartas amarillas, de las viejas fotos, de los lugares y los nombres testigos de otras historias… todas aquellas pequeñas cosas fijadas eternas en el lienzo virgen de mi vida.

Fascinada, acariciando el tiempo, me abandoné al resplandor del pasado y me dejé atrapar. Inicié así un descarnado soliloquio existencial. Seguí aquel intangible hilo de donde colgar ausencias y los vestigios de glorias ya caducas. Recorrí alegrías y tristezas mezcladas en un ritmo monocromo donde podía distinguir todos los colores vividos que creía perdidos; fotografía de píxeles alterados, trama de paisajes que me contaban historias, el eco de algunas canciones, fotogramas y secuencias… infatigable máquina expendedora de recuerdos…

Juegos infantiles cuando el mundo para mí era todavía redondo, la vida se movía en bicicleta, llevaba pantalón corto y sandalias en un escenario, patio cálido y acogedor de mi infancia, entramado de callejuelas donde el tiempo parecía haberse detenido, dejando sus huellas con tinta indeleble en los muros medievales.

Todo el verano era nuestro, mapamundi de juegos y sueños e infinitos horizontes dorados en la mirada, nuestro guía, el azar trotamundos. Todo dentro y fuera de nuestro mundo se movía con nosotros y nuestros héroes favoritos.

Bajo nubes de algodón, entre chopos y álamos, recorríamos la ribera acompañando al río transparente y caudaloso, encajonado entre graníticos berrocales. Azul en el cielo, hojas verdes de verano, hierba mojada en los pies. Caminantes traviesos, saltábamos de piedra en piedra, atravesando las viejas pesqueras que unían ambas orillas y peinaban la corriente, dirigiendo las aguas hacia las aceñas de muros de piedra que, como don Quijote, tomábamos por castillos. Nadábamos en el agua de la vida, espacio de libertad donde crecíamos, aprendiendo a volar, imaginando que éramos blancas gaviotas, cometas al viento sobrevolando, libres, el inmenso mar, compartiendo quimeras y despreocupados atardeceres sin tregua. Libertad transformadora con cada bocanada de aire, a cada paso. La vida, eterno sendero de gloria, sinfonía de fiesta, hermosa aventura, infinitos horizontes en la palma de la mano.

Sentada al borde de aquel carrusel de percepciones, entré de pronto en un espacio de luz. En el interior, brisa de primavera, viento de abril dibujando bellos paisajes. Los días del arcoíris susurrándome otras historias.

Manos tiernas buscándose, miradas y sonrisas vestidas de complicidad e inocencia, almas desnudas de equipaje a las puertas del cielo, rosas en flor. Tendidos en la yerba, rostros mirando al sol, flores en el pelo, perfumadas de juventud y frescura que creíamos eternas porque el tiempo era todo nuestro. Primeros balbuceos del corazón buscando la puerta del amor, los dulces arpegios y el temblor del primer «te quiero», noches de blanco satén colmadas de ríos de caricias nuevas y el dulce sabor de los primeros besos; lluvia en los cuerpos, primavera en las manos curiosas de cosas prohibidas, embriagadores amores a la luz de la luna que nos rozaba con sus rayos sobre el terciopelo de un universo de poesía, baladas para Adelina.

Días jóvenes y noches largas de magia y color, debajo del cielo, pero encima del mundo. Esclavos de nadie, viviendo cada instante, compartiendo sueños preñados de canciones protesta rasgadas en las cuerdas de una guitarra hasta perder el aliento; afortunados, perfectos, seguros de triunfar.

Cadenas que no ataban porque quedaban mil horizontes que alcanzar, preñados de mágicas voces. Faldas al viento, campanas de libertad y de paz que no hacía falta firmar. Alegría y transgresión en las calles, construyendo utopías y sueños, rompiendo tabúes, quebrantando reglas, exigiendo cambios, buscando su destino en las estrellas.

El mundo, molino de viento, no dejó de girar; no pudimos pararlo y el tiempo se nos fue, pero fue hermoso soñarlo. En nuestro corazón, para siempre en *blue jeans*, nunca traicionamos nuestra juventud. Antes de rendirnos... fuimos eternos.

Momentos pasados que creía olvidados, acallados por los silencios que ahuyentan el amor, por las palabras no pronunciadas o la multitud de voces que nos confunden y el océano de otras imágenes, de otras melodías más cercanas y nítidas que relegan a las que, en algún momento, fueron primicia, *top trending* en nuestras vidas, paraísos perdidos, flores de un día. Todo tiene su fin.

Fascinada por este periplo espaciotemporal, buceé por el trascurrir de mis días en un desesperado intento, quizás vano, de recuperar el paraíso, de aprehender todo lo vivido, de examinarlo a la luz de la razón, esa que me dijeron que todo lo alcanza. Quizás, porque así, dejaría de ser sueño, polvo en el viento, saldría de mi mente, se volvería tangible y podría tocarlo con los dedos o porque tenía miedo de ser yo la única escritora de este cuento.

Observé cada silencio, lo dicho y lo callado, lo hecho y lo obviado, lo vivido y lo soñado, los cambios en mi piel porque, aunque no quieras, el tiempo acumulado pesa y deja cicatrices. *Feelings*, sensación agridulce que te envuelve cuando no tienes nada que abrazar.

Quizás, pensé, el tejido que conforma nuestra realidad puede ser a la vez verdad y mentira, cierto e improbable, libro de los recuerdos y libro del olvido o laberinto inabordable, portal de entrada a los entresijos de nuestras vidas.

Cuando vivimos intensamente, vivimos sin memoria, pero ella va haciendo fotografías sin que nos demos cuenta. No existe el tiempo perdido; el tiempo de verdad es subjetivo, se lleva dentro. Todos estamos impregnados por los ecos del ayer, por esos retazos pintados en nuestra memoria, retales de la vida que son nuestra materia prima, las piedras que construyen nuestro edificio, los fonemas que escriben nuestros poemas, las matemáticas en nuestro aprendizaje, las notas de nuestra melodía garabateadas en el pentagrama del transcurso de los días, música que oímos sin escucharla, caída de alguna nube viajera sin tiempo que sirve de trampolín a nuestros sueños. La voz desnuda de la vida.

Parada en el borde del tiempo, lentamente, aparté las ramas en el jardín de mis recuerdos; las canciones de mi vida volvieron a sonar en las cuerdas de mi guitarra. Oigo el tictac de un reloj. Siento de nuevo la tierra bajo mis pies; vuelve el río, vuelvo a casa.

Play me, porque todo lo que fui nunca morirá. Me quedará la danza de la vida, himno infinito de notas negras y blancas, la belleza de las cicatrices, todas esas cosas que amasé sin saberlo, los caminos del pasado besando el presente.

Adenda

CANCIONES

Los días del arcoíris. Nicola di Bari.
Flores en el pelo. Scott McKenzie.
Noches de blanco satén. The Moody Blues.
Balada para Adelina. Richard Clayderman.
Para siempre en blue jeans. Neil Diamond.
Todo tiene su fin. Módulos.
Polvo en el viento. Kansas.
Feelings. Morris Albert.
Play me. Neil Diamond.

De canción en canción

La ciudad de la luz se encontraba en ese momento inmersa en el torbellino de un nuevo ideal romántico. Sobre el escenario, un ensayo general de ensoñación y de barricadas donde miles de jóvenes, en una eclosión de libertades y causas, entonaban al unísono una poderosa canción contra el orden establecido bajo el paraguas del «prohibido prohibir». Un horizonte utópico de poesía en las calles, solo manchado por las negras siluetas de los soldados y de los adoquines.

Mientras otros pensaban en cómo cambiar el mundo y llenaban los muros de sueños, Víctor, el corazón ajado y lleno de cicatrices, cerrado por derribo, más ajeno a la *vie en rose* que al club de los corazones solitarios, paseaba hacia ningún lugar, por el boulevard de los sueños rotos, exilio y silencio en su interior, lejos del fragor del mundo que giraba terco sin él. Marcha lenta y difícil, pues llevaba con él pesadas cadenas invisibles difíciles de romper.

Las serpentinas y adoquinadas callejuelas, alumbradas con pequeñas farolas, los viejos molinos, las vides abandonadas, todo recordaba vidas pasadas, arte y memoria nostálgica. Cézanne, Van Gogh, Lautrec y Modigliani se habían llevado con ellos todos los colores: la luz del blanco y la magia del negro, la calidez del amarillo y la energía del rojo, la tranquilidad del azul y la esperanza del verde. Solo las telarañas en cada rincón de una desolada y triste habitación.

Muertos los sueños, Víctor caminaba solo por aquellas viejas calles en un tiempo que no dejaba en él ninguna huella, ningún rastro, por la calle del olvido donde nunca brilla el día, condenado a una noche tan oscura como fría.

Las luces de neón anunciando infinitos *sex-shops*, algunos cabarés y cafés-concierto daban a aquellas calles un cierto halo decadente que rimaba bien con su música interior: «Me llaman calle, calle sufrida, calle tristeza…».

Para aliviar el opresivo lastre de la soledad y las horas, pensó en perderse en algún bar. Entró en el mítico y viejo café Au Rêve. Buscó una mesa donde pasar desapercibido y desvanecerse tras los adormecedores efluvios del alcohol. Su mirada turbia y su propio ritmo en la cabeza le impedían ver al resto de actores que se congregaban al calor de la noche y de la absenta.

Una mujer, con aire de canción, envuelta en un halo de terciopelo negro, entró en el bar. Se peinaba a lo *garçon*, sencilla, sin estridencias, teñida de dulzura. Sus ojos, mar opalino en calma, tendían puentes y movían invisibles hilos que atrapaban y algo de poesía en los gestos que abrazaban y preguntaban sin palabras.

Al verla entrar, todo a su alrededor se volvió lento, envuelto por la música de una nueva canción. Ahogado en el cristal de alguna copa de más, una única palabra brotó de su interior: «*Yesterday*».

Desde el otro lado de la sala, ella miraba atenta su indiferencia. Él cerró los ojos para no ver, para no volver a perder. Traicionando su actitud, su pensamiento le llevó a la primera ley de Newton.

Esclavas del momento, sus miradas se cruzaron y tuvo la impresión de haber sido descubierto; ningún lugar donde esconder su desnudez en un entorno que ella volvía transparente. La sorpresa le llevó a la emoción, la emoción a la duda y la duda al miedo. Había pasado tanto tiempo escondido en la oscuridad que había olvidado el poder del deseo y los caminos de la seducción que conducen al amor. ¿Recular o avanzar? ¿Escoger entre el vuelo de encontrarla o el naufragio de no verla nunca más? Una sola palabra mal escogida podría romper aquel frágil momento.

Ahora, otras canciones vibraban en su voz, notas que, aunque tímidamente, esbozaban la grandeza de la vulnerabilidad, capaz de romper ataduras y de levar anclas para avanzar hacia el encuentro.

Ella le regaló una amplia sonrisa que borró el tedio y los miedos como por arte de magia. En el espacio se dibujó una fina línea que unió voluntades. Entre canción y canción, Víctor fue recuperando su propio sentir, ahora subversivo con el orden que hacía tiempo su corazón había establecido. El cambio es una puerta que solo puede abrirse desde dentro.

Para volver a mirarla, dejó de mirar los espejos que reflejaban sus derrotas, olvidó todos los inviernos, abrió las ventanas y, con las notas de las canciones que creía ya olvidadas, fue tejiendo poco a poco palabras azules, esas que se dicen con los ojos y hacen a la gente feliz.

Pidió una copa, se acercó a ella y se la ofreció, haciendo sitio a una renovada sonrisa, mientras, tímidamente, consiguió hilvanar unas pocas palabras:

—Hay cuatro rosas en tu honor dentro del vaso que te doy; ellas podrán hablar por mí si no encuentro las palabras adecuadas porque tu presencia me distrae.

Una serena mirada, acompasada con el ritmo de una nueva canción, le abrió una vez más el camino al azul de las palabras:

—Por más que yo sea una bestia y tú seas tan bella, quiero bailar un *slow with you tonight, honey.*

Pidió una copa, se acercó a ella y se la ofreció, haciendo sitio a una renovada sonrisa. Dos extraños bailando al compás de esa extraña melodía que algunos llaman destino y otros prefieren llamar casualidad, dialogando a tientas, doblegados por el tacto, inmersos en el misterioso sistema binario de un encuentro en el que los nombres no importan. Extraños en la noche intercambiando miradas, compartiendo el amor antes de que la noche se acabara.

Bailando con ella, los espejos del pasado se rompieron. Víctor recuperó el poder sobre él y su tiempo y fue creando así posibles futuros momentos, huérfanos de esos otros que enajenaban. Jamás habría primavera si no existiera el invierno.

La música ahogó el silencio. Víctor inventó nuevas palabras alejadas de su cárcel de huellas que silenciaron otras que hablaban de heridas no curadas y, aunque todavía inexperto y frágil, supo pronunciarlas:

—Me gustaría verte de nuevo y si tú también lo deseas, escribir juntos sobre las páginas en blanco de otro nuevo encuentro y, quizás, volver canción ese tiempo ya nuestro.

Como respuesta, el fonema de un beso con sabor a sueño que Víctor hubiera querido volver río que desemboca en el mar de la costumbre, un mar alejado de la incertidumbre, camino virgen del ayer.

Amanecía. Sus pasos, de nuevo solitarios, se perdieron al compás de las viejas calles que, cómplices ahora, fueron tejiendo con él nuevas palabras con rostro de mujer y bohemias canciones que cantar para conjurar el momento.

Bajo el cielo de París vuela una canción, viento de abril en invierno, luminoso amanecer que invita a seguir soñando nombres. Montmartre había abandonado su paleta oscura, volvieron la luz y los colores a los pinceles de los pintores despertando emociones hace tiempo enterradas en cuadros ya muertos.

Adenda

CANCIONES

Cerrado por derribo. Joaquín Sabina.
La vie en rose. Edith Piaf.
Sgt. Pepper's Lonely Hearts Club Band. The Beatles.
Por el bulevar de los sueños rotos. Joaquín Sabina.
Les feuilles mortes. Yves Montand.
Te pienso sin querer. Franco De Vita.
La calle del olvido. Los secretos.
Me llaman calle. Manu Chao.
Yesterday. The Beatles.
Mil calles llevan hacia ti. La Guardia.
Les mots bleus. Christophe.
Cuatro rosas. Gabinete Caligari.
Slowly. Luis Eduardo Aute.
Destino o casualidad. Melendi.
Extraños en la noche. Frank Sinatra.
Sous le ciel de Paris. Yves Montand.

El absurdo y lo azaroso

De repente, sorprendiendo al resto de los presentes, alguien se puso en pie y poco a poco, abandonó la fila india. No le gustaban las reglas que estaban dejando sin vida la ciudad. Una vez levantado y harto de susurros, se puso a cantar el aria de una ópera: *La donna è mobile qual piuma al vento*. Aria que el resto de los ciudadanos continuaron siguiendo el compás con sus holgadas ropas, plumas al viento, convirtiéndose en metáfora del deseo de volar, huyendo de tanta norma.

Jóvenes festivos huyendo de la realidad, dejándose llevar. Corazones hambrientos volando libres a la conquista de un nuevo paraíso de libertad.

De repente, en medio de la algarabía, frente a frente, aparecieron los hombres con rostro de hierro, buitres planeando con sus armas de guerra para realizar un ataque relámpago y envolvente, ante lo cual, a los jóvenes ciudadanos no les quedaría otro remedio que abandonar la protesta y retirarse.

Cual espesa y amenazadora telaraña, sus sombras lo volvieron todo de color negro, derribándolo todo a su paso con saña y rabia, para volver así a lo que estaba reprimido, restringido, medido o escrito y atajar, con su violencia, estrategia y táctica, matanza y teatro, himnos y estruendo, las ansias de volar de aquellas gentes.

El ataque conmocionó profundamente al pueblo que, perplejo y horrorizado, ante aquella situación desesperada, ante aquel varapalo y experiencia pavorosa, no sabía cómo responder. Tocaba correr más rápido que las balas. Tocaba ser héroes por un día, dejar de ser almas de papel, escapar de aquella prisión, abandonar sus mentes engañadas y controladas, volverlas poderosas y enfrentarse a aquella realidad con un grito de rebeldía. Cambiar las lágrimas por sonrisas, soñar nuevos caminos, morir por las ideas, afirmar su derecho a la existencia, recuperar el valor y volver la vida una nueva sinfonía para no seguir respirando aquel aire y huir de la esclavitud para ser, de nuevo, hijos del mundo, dueños de su destino, hermoso legado.

En sus mentes, unas palabras grabadas a fuego que pasaban como el viento: ¿Hasta qué punto podemos decir que estamos viviendo de verdad? Hemos dejado que una red cultural nos controle y nos indique cómo vivir. No hay acto más violento que imponer normas contra el pueblo; si no recuperamos pronto el sentido, seremos ruiseñores enjaulados, habremos perdido para siempre la oportunidad de construir alguna alternativa. No tenían nada que perder.

Eufóricos, arrastrados por la fuerza de una gran marea interna, con orgullo en la mirada, transformaron el movimiento en luz; la niebla se volvió brillante y la euforia encendió todos sus huesos. Con todo aquel fuego por dentro, comenzaron a cantar «*Living* la vida loca: La tela de la araña, la uña del dragón te lleva a los infiernos» y se pusieron a bailar. Ruido de tempestad enloquecida borrando los caminos.

Endemoniados danzantes desaforados, para liberar sus miedos, sus cuerpos subían y bajaban como una ola, río arrogante de falsas reverencias, acompañando al viento. Ruido catártico y movimientos turbadores que forzarían el destino, poniendo en jaque la racionalidad de la sociedad represiva.

La mirada perdida en el horizonte, desconcertados y petrificados ante aquella reacción de la multitud, arena al viento, a los guardianes de lo establecido se les cortó la respiración mientras les subía la bilirrubina y, uno por uno, se pusieron a girar en el vacío y, narcotizados con tanto giro, se fueron quedando colgados y terminaron en el suelo. Ese fue su final, lo cual dio la victoria a los insurrectos.

El futuro está en el aire

Cuando llegó al mundo, su padre, entre incómodo y responsable, decidió construir una nueva chabola donde vivir y dejar atrás aquel amasijo de hierros y uralita que les había cobijado hasta entonces. Fueron meses recogiendo maderas y pallets aquí y allá para conseguir dar a su nuevo hogar la apariencia de una casa decente, con puerta y alguna ventana pequeña. Algunas tablas más para construir una cuna y un viejo colchón para que el bebé creciera sobre algo blando y confortable que contrastara con el mundo en el que le había tocado nacer.

Poco a poco, sus primeros años fueron pasando. Un día, entre un sinfín de aspavientos de alegría, el niño descubrió que era capaz de andar y de desplazarse solo. Al principio torpemente, con la práctica diaria, con mayor soltura. Una tarde, aprovechando que los ojos de su madre atendían a otros asuntos, decidió dar un paseo autónomo y escudriñar algunos rincones de la casa. Poco a poco, aunque algo inseguro, llegó hasta el rincón que su madre usaba como despensa o trastero. Una sublime atracción y la inconmensurable curiosidad infantil le llevaron a toquetearlo todo. Tras una caja vio que algo se movía; gateando, se acercó aún más para ver de qué se trataba. Una inmensa rata se abalanzó sobre él y comenzó a mordisquearle la cara. Nadie oyó su llanto ni acudió en su ayuda, por lo que tuvo que luchar un rato con aquel bicho para quitárselo de encima. Aquel acontecimiento le dejó la cara señalada de por vida.

Todas las tardes, Mario salía con los amigos del barrio a descubrir mundo, aunque sus pasos solían terminar siempre en la ribera del río, corazones con las alas tendidas al sol. Una vez en la orilla, dejaban su ropa sobre la hierba y, desnudos y libres, se tiraban al agua. Risas, volteretas, aguadillas y bromas de todo tipo llenaban sus tardes, ajenos al mundo. Aquel día, el agua bajaba rápida, empujada por una fuerte corriente, y uno de los chicos de la pandilla empezó a tener dificultades. Atrapado en medio de la corriente, el río lo iba arrastrando y su falta de destreza natatoria no le ayudaba mucho; el agua se lo tragó. Al ver que no salía, Mario intentó ayudarlo, pero, impotente, no pudo hacer mucho; el río era más fuerte que él y, en un abrir y cerrar de ojos, arrastró a su amigo hacia el fondo, y no volvió a aparecer. De nuevo, una cicatriz inmortal en su vida.

Pobre diablo, Mario siempre quiso ser el que no era y su vida oscilaba constante entre el deseo de huida y el sentimiento de vivir atrapado.

Una mezcla de sensaciones encontradas se le agolpaba cuando pensaba en ello: tristeza, esperanza, rabia y miedo. Se sentía así, entre el cielo y las tinieblas que emborronaban de dudas sus proyectos que, desde hacía tiempo, le hablaban de cambiar de mundo, de volar lejos, conocer otro despertar, otros amaneceres y, desnudo de ataduras, cambiar su destino. Había llegado el momento de crecer.

Frente al espejo se preguntaba quién era: ¿quién escogía, la vida o él? Ya no quedaba tiempo para la duda. No podía dejar morir su sueño y, aunque sabía que no sería un camino de rosas, decidió marcharse aquel mismo día a la ciudad para buscarse la vida. En este mundo, solo el coraje de luchar por algo infunde respeto, pero, si fracasaba en su intento, la vuelta podía ser muy dura y no quería verse obligado a representar el papel de hijo pródigo para diversión de su padre que, cuando, al filo de la mañana se marchaba, lo miraba de reojo con una sarcástica sonrisa en la boca. Optó por guardar silencio. No te dobles; en caso de peligro, solo se salva quien sabe volar, y el futuro está en el aire.

Corazón empapado de ayer

Para llenar tantas horas en blanco en su pequeño universo, Laura decidió buscarse una ocupación. Mientras ordenaba su biblioteca, un libro se cayó de la estantería y se abrió por una página determinada. El título *Un océano para llegar a ti* produjo un sutil y relampagueante eco en su mente. Después, sus ojos se detuvieron en aquel párrafo; ¿y si el destino de las personas tendiera un hilo invisible que las conecta con aquellos que deben encontrar? ¿Y si la vida solo fuera un viaje para encontrarlos? Al leerlo, ventana abierta a otro tiempo, epidemia de recuerdos y colores, intentó ignorarlo, pero fue como intentar parar el viento. Quizás se trataba de un mensaje oculto que entraba sin llamar o la caprichosa mano del destino haciendo de las suyas.

Al mismo tiempo, sonó aquella canción romántica en la radio, esa vieja canción de Rod Stewart: *For the first time*, que tantas veces escucharon juntos en aquel bar. Hasta el silencio hablaba y cantaba tu presencia.

Llanto en su voz mientras su corazón triplicaba sus latidos junto con su respiración. Por momentos, pudo vislumbrar esos hilos invisibles, esos momentos que, aparentemente, no tienen ninguna relación entre sí, delante de los cuales podemos elegir entre pasarlos por alto o jugar con ellos. A veces, todo parecía sincronizarse de una manera inexplicable. ¡Si tuviera el don de pedir al tiempo que volviera y olvidar que de pequeña le regalaron un reloj muy extraño que tan solo contenía 48 minutos!

Salió a la calle con aquella banda sonora en su cabeza. En su andar vagabundo, lo que más deseaba era un encuentro inesperado con esa persona tantas veces pensada, enterrada en un pasado que nunca había podido dejar ir, luz en las horas oscuras, pero también, león indomable, dulce claudicación. Su corazón, empapado de ayer y de las promesas de la última vez, soñaba con él, pero pasaban las horas y no sucedía; era entonces cuando inventaba la alegría de encontrarlo: cuando menos me lo espere y menos lo busque, aparecerá. La ciudad y el viento me llevarán de nuevo a ti.

Marioneta en manos del azar, la vida repartiendo cartas. La realidad con la que cada día se daba de bruces era un campo de posibilidades infinitas y ella, una gota de agua en un mar interminable e incontrolable.

Nadie te enseña los pasos en un mundo que siempre te obliga a caminar, pero, si quieres cambiar tu mundo, debes dejar volar tus ilusiones; la melodía que baila tu vida solo depende de ti.

Dobla una esquina y, entonces, ocurre. Una coincidencia maquillada de sorpresa que le pareció tan improbable que le resultó mágica. El entusiasmo por el encuentro rindiéndose a la magia del momento y lo que ofrecía: creer, soñar, dejar surgir, jugar con el tiempo.

Se sintió pequeña y frágil ante aquel rostro de mirada atenta, una sonrisa cálida que lo iluminaba todo y un «hola» acompañado de un beso que aún quemaba. El amor a una mirada de distancia.

Había pasado mucho tiempo y las palabras no salían fácilmente.

—Déjame decirte algo; aunque agradezco este encuentro, los recuerdos pueden ser tentadores. Todavía te amo, aunque parezca que no es así. Ninguna mujer se asemeja a ti, pero no quiero que perdamos el control. ¿Hacia dónde nos llevaría esto? ¿Qué nos puede brindar el mañana cuando ni tan siquiera conocemos el presente?

Estando cerca, distancia. Después, una pausa que se hizo casi eterna.

—No podemos parar la lluvia, las estrellas solo son un reflejo. Los sueños son para los que duermen. Cuando todo esto haya pasado y las cosas sigan su camino, olvidarás. Las cosas no suceden, solo sucede el tiempo.

Como sueño que se desvanece, se fue sin mirar atrás, quizás para siempre y yo me quedo aquí, melodía perdida. ¿Mi universo en el aire y sin destino? ¿Viaje sin fin haciendo cola para entrar en el país de las maravillas o el principio de otra música sonando para mí? ¿Qué pasará mañana?

Giro inesperado

Todo movimiento, cualquiera que sea su causa, es creador.
EDGAR ALLAN POE

María, nerviosa, salió de casa. La puerta hizo un sonido desagradable al cerrarse. Bajó casi a trompicones los escasos peldaños que la separaban de la calle.

—Tranquila, sosiégate —se dijo a sí misma.

Palpó el bolsillo de su abrigo para comprobar que había cogido aquel sobre cuyo contenido quemaba y le hablaba de la *impermanencia* de las cosas, de la arena que se desvanece entre las manos, de los días persiguiendo al viento.

La calle, en plena ebullición, le pareció un túnel voraz y agresivo. Sus tacones resonaban sobre el asfalto. A su paso, los escaparates reflejaban su rostro inquieto; evitó mirarlos mientras cruzaba distraída la calle. Solo unos metros más, una esquina más para el encuentro. Miró el reloj; llegaba a su destino antes de lo esperado. Se detuvo unos instantes en mitad de la marea de gente que cada día avanza ajena a la existencia del resto y donde cada uno interpreta su papel. Necesitaba tiempo para reunir el valor suficiente, tiempo para aceptar lo que debía hacer y vestirlo de serenidad.

Al presenciar el panel fluorescente de la cafetería, tuvo la extraña sensación de un *déjà vu*, ese perfume perdurable de los recuerdos…

Fue el último año de instituto. Él era un joven atractivo y carismático y yo, una adolescente emocionada, los dos inmersos en una dicha natural. Nos veíamos los fines de semana y algunas tardes al salir de clase: mariposas en el estómago, poesías sin rima en papel de cuaderno cuadriculado, canciones que hablaban de amor y bailes compartidos. Caminar sin importar la hora o el clima, tardes vestidas de domingo de sesión doble de cine con *happy end*, conversaciones aderezadas con besos y risas en aquella cafetería, un tiempo sin tiempo en el que se nos iban las horas sin que nos diéramos cuenta. Juventud, ilusión eterna dulcemente arraigada en lo profundo que promete continuamente no ausentarse jamás… Días sin final.

Los años, prisioneros de la inercia, fueron pasando inadvertidos y, mientras crecíamos, aparecieron, silenciosas, la rutina, la monotonía, las ruinas que deja el silencio, todas esas diferencias que crea la indiferencia, las horas pasadas mirando girar el aburrimiento y una distancia fácil de palpar en el cada vez más escaso tiempo compartido, desnudo de expectativas.

Cinco años alternando tormentas indomables y reconciliaciones maravillosas, lunas de miel fugaces alimentadas por el deseo o el miedo. Bucle infinito de años en blanco y negro hasta que, como a Pierre-Auguste Renoir, «una mañana, a uno de nosotros se le terminó el negro».

Él estaba ahí como si nada hubiera cambiado, como si el tiempo se hubiese detenido. Por un instante, todo se esfumó a su alrededor, invadida por el amarillo perdurable de los recuerdos y el lugar común de las emociones que lo acompañan. No pudo evitar quedarse parada mirándolo fijamente. El claxon de un coche la sacó de su trance. En la acera, respiró profundamente y reanudó su marcha.

Entró en la cafetería. Ruidos de la máquina del café, de los platos, de la gente charlando… Él elevó la vista y dejó de mover la cucharilla con la que hacía girar el café. Por unos instantes, todo se esfumó a su alrededor; silencio y miedo escénico. Ella se sentó a su lado con un cierto aire de desaliento mientras pensaba que, de alguna manera, algunas cosas están destinadas a suceder.

Él le ofreció un café. Apenas pudo balbucear una respuesta afirmativa mientras su pensamiento se enredaba en buscar las palabras adecuadas.

—Tengo que enseñarte algo —susurró, mientras observaba su gesto interrogante acompañado de un profundo suspiro.

Sacó el sobre del bolsillo y se lo entregó.

Aquella llamada inesperada había activado en él todos los resortes y ahora, mientras miraba aquel papel, solo pensaba en recuperar mínimamente la entereza para afrontar lo que fuera dignamente. No fue fácil. Sobre todo, cuando comprendió lo que aquel insignificante pero contundente trozo de papel le estaba revelando: eran hermanos.

Una vez superada la conmoción inicial, pero incapaz en ese momento de prolongar una situación que de por sí era difícil, se levantó, cogió su abrigo mientras, con voz casi inaudible, dijo:

—Cuando la vida nos enfrenta a un giro inesperado, hay que girar con ella, pero necesitamos tiempo.

Lo vio alejarse sombrío mientras pensaba que, ciertamente, ningún atajo sería un buen camino a recorrer, salvo el del silencio, que siempre abre camino a los gestos.

Hoy en lugar de rosas

Hoy, en lugar de rosas, te regalo palabras. Palabras escritas para no dejar tras de mí regueros de palabras no dichas, olvidadas, relegadas por otras más ávidas para que tu presencia me distraiga.

Te regalo palabras; ellas serán capaces de contar sin perder la calma. Si fuera yo, lo emborronaría todo de tacto, sin decir nada, y luego lamentaría la ausencia de vocablos, el trueque de códigos, la inexorable pausa.

Te regalo palabras, porque amo las tuyas cuando me hablas, no importa el desacuerdo ni las opiniones encontradas, tus palabras buscan mi alma para reconfortarla, apaciguarla o esperanzarla. Y lo que dices pierde importancia para volverte mirada, profunda caricia, tacto en el alma. Y te encuentro, y me entretengo. Y me pierdo en tus recovecos. Y sustituyo la palabra por el beso tierno, torpe expresión de lo que siento, porque quiero besar donde no llego.

Luego, cuando ya no estás, te pienso. El cuerpo y la mente sintiendo, llenos, atentos, mi universo en el caos borrando los límites entre presente y recuerdo, plenitud intangible, verdad y sueño.

Y me reencuentro, plena, toda, feliz, perfecta, casi etérea. Y otros ojos se dan cuenta y casi me avergüenzo.

Te regalo palabras que me volverán camino, camino que espera tu vuelta, vayas donde vayas, vengas de donde vengas. Destino y origen para quererte eterno.

Te regalo palabras, ellas serán capaces de contar sin perder la calma. Si fuera yo, lo emborronaría todo de tacto, sin decir nada, y luego lamentaría la ausencia de vocablos, el trueque de códigos, la inexorable pausa.

Noches desiertas

En sus noches desiertas de sueño y calor, harto de rodar con el alma herida acompañado solo por las estrellas, su serenidad se volvía desnuda amargura. En la penumbra de su habitación, las canciones románticas le transportaron a otro tiempo y la voz desnuda de la vida le hizo revivir antiguas sensaciones de amor, mezcla de nostalgia y melancolía. Mil ataduras invisibles que llevaban a su mente de regreso a un tiempo pasado, todavía aureola en su corazón.

Terco corazón inundado por los recuerdos, al grito de la noche, quisiera hacerlo de nuevo realidad. ¡Cuánto esperó lo que nunca llegó! Mientras se preguntaba: ¿cómo recuperar el sosiego y encontrar la paz?, ¿cómo encontrar el sueño que no puedo hallar? ¿Cómo encontrar un motivo para seguir viviendo sin la esperanza de un mañana?

Guardó un suspiro y pensó que sentirse atado a los recuerdos de un pasado no le conduciría a nada; mi dolor es viento que el viento se llevará. El agua hay que dejarla correr. He aprendido que lo peor está en el lado de la ausencia y los recuerdos me queman de frío, todavía aureola en su corazón. Banda sonora acompañando a las nubes negras que se amontonaban en su cabeza, recuerdos arrastrándose por el suelo, hojas caídas tejiendo sueños.

Nadie te enseña los pasos en un mundo que siempre te obliga a caminar, pero si quieres cambiar tu mundo, debes dejar volar tus ilusiones; la melodía que baila tu vida solo depende de ti.

Eterno viajero por el silencio y la ausencia, sintió como si el tiempo se hubiera detenido y los relojes huyeran de él. De pequeño me regalaron un reloj muy extraño: tan solo contenía 48 minutos.

Quizás, esa es la razón.

Frío de soledad y quietud en medio de un rumor de pasos con nombre que iban enhebrándose al ritmo de los latidos de su corazón.

«Seguramente me transformaré en sombra —pensó—, cien veces más sombra que la sombra».

Lamentos por lo que pudo haber sido y ya nunca más sería. Hilos de seda recortando los rostros desvanecidos en el tiempo que, inmune a su presencia, tejía madejas de olvidados gestos muertos en los cuentos creando oscuros y anónimos silencios.

Si tan solo pudiera volver el tiempo atrás, hacer realidad la fábula, lavar la tristeza de sus ojos y de su mente y volar, como las gaviotas, levantarse de las cenizas como el pájaro de fuego hacia la luz de cualquier otra mañana moldeada con sus manos, con rostro de promesa.

En su corazón, solo horizonte de tardes grises, luces artificiales y cielos lejanos, solo ruido de viento y tiempo.

La noche se acercaba lentamente y con ella la lluvia, velo en su corazón tendiéndole la mano, lavando el miedo al fracaso, devolviéndole el fluir de la calma, luz en la oscuridad llamándole, mostrándole el camino de los sabios, la mente abierta a lo nuevo, fluyendo con el tiempo.

No me daré por vencido; luchar o morir es la alternativa que me impone el destino. En el partido de la vida siempre hay un segundo tiempo y voy a jugarlo. El poder de un héroe está en la fuerza de su corazón.

Páginas borradas

El dolor está llamando a nuestra puerta. ¿Quién diría que en un día pueden morir años? Lazos desatados, sueños derramados, telaraña enredándose, piezas rotas, la sombra de tu sombra, bruma blanca, páginas borradas bruscamente del libro de la vida, pájaro sin cielo, amor fugado.

Fuimos la cama del domingo, pista de baile, labios compartidos hablando de amor al alba. Mañanas de colores, el sol en tus cabellos, sabor a paraíso, ángeles en el café, la locura de lo mágico, la luna brillando al anochecer, mi mundo, mi refugio y mi rincón.

¡Que calle la música, que apaguen el sol, que fundan la luna, que paren los pies al reloj!

Hoy llueve, pero la lluvia, llanto del cielo, solo es el reflejo de mi pensamiento en la ventana. ¿Debía de una vez borrarte de mi vida? Trago palabras que no puedo decir porque tu vanidad no las va a entender, aunque me muero por suplicarte que no te vayas. El ritmo de mi corazón no va acompasado con el tuyo: adagio, canción doliente, amor desnudo, tiempo de un solo de guitarra.

No hicieron falta las palabras; aquella mirada diferente y definitiva lo decía todo con su actitud indiferente y distante, solo rosas artificiales. Hasta la lluvia que caía me decía llorando que había llegado el final, al mismo tiempo que mojaba mis heridas. Mariposa sin alas, lo miré en silencio, el sol todavía en la mirada, como agua en el desierto, convertida en un suspiro de confusión y desconcierto, perdida armonía.

Todo se derrumbó dentro de mí y pensé:

«Mi historia entre tus dedos, juguete escondido en un rincón, frágil hoja abandonada a un futuro incierto. Corazón encadenado abrazando a la nada, jugando conmigo vaivenes desconocidos. Mendiga de amor, prisionera del viento, recogiendo retales, ahogados los sueños en el mar del olvido, condenados a ser fría sombra bohemia.

Playa de horas muertas sin canción, esperando la lluvia de abril para vestir de música las mañanas. Terciopelo de días nuevos sin rosas de silencio ni hojas muertas de otoño, huérfanas palabras blancas conversando con la noche, perdida armonía, lágrimas en las nubes, grandes murallas y rocas en el mar.

Ahora mi vida solo en blanco y negro, rodeada de hielo y silencios. Mi mente acariciando sombras, solo reflejos, ecos de amor perdido, flores marchitas, sueños de sabor amargo, rotos en mil pedazos, eclipse total de sol, solo sombras, barricadas y noches sin final.

Te di todo lo que tenía. Si te vas, devuélveme el corazón, el aire, la luna que nos bailaba, los colores del cielo que ya no podré tocar mientras aprendo a dejar el agua correr entre gritos de esperanza. Hoy te vas tú; quizás mañana me iré yo.

Nadie dijo que sería fácil despedirnos: noche fría de invierno fuera de estación, tardes grises, amor desnudo viajando hacia la nada.

No tienes por qué disimular; las lágrimas están de más. Mi amor es una sombra para tu libertad. No quiero retenerte; si tienes que irte, vete ya.

¿Realmente quieres verme arrastrándome? Busca una excusa cualquiera para mandarme al infierno y márchate; aunque tenga miedo, no te detendré. El agua hay que dejarla correr, aunque me ahogue en ella.

Buenos días, tristeza. Volveré a ser la solitaria calle donde te encontré, dueña de nada, vacía de palabras. Estaré allí para recordar que aún te amo: canción de otoño, balada para una despedida. Tardes amarillas derramando sobre mí una triste sinfonía, lejos de los dos».

Soñando escenarios

El joven, que apenas había mostrado nunca interés por el ordenador, comienza a pasarse tardes enteras ante él cuando descubre el diario lleno de lirismo de una joven en el que hay volcadas intensas vivencias con las que comienza a identificarse. Versos sobre un amor pasional, llenos de un sentimiento perdurable en el tiempo.

Tarde tras tarde los lee y los relee acompañados de canciones que invitan al ensueño y hablan de un amor idealizado, de encuentros, de deseos de felicidad, de un tiempo que invita a volar, dejando libre la imaginación para soñar escenarios que, rara vez en la vida, tenemos la oportunidad de que nos envuelvan.

Pasa el tiempo pensando quién será esa persona cargada de tal intensidad y lirismo, con esa fuerza de sentimientos a flor de piel que los vuelve trasparentes e invitan a adueñarse de ellos. No llega a imaginar quién tiene la suerte de entregar cuerpo y alma con esa pasión ni quién podría ser el destinatario. Sus sentidos, su pensamiento, su aliento, su ser, sus recuerdos vibran impregnándolo todo; no importa que ya hayan quedado atrás en el tiempo.

Llega el verano, el joven marcha al pueblo. Acompañado solamente por el revoloteo de los pajarillos, dirige sus pasos hacia la vieja y abandonada mina de la que guardaba felices recuerdos de otros tiempos cuando, con otros compañeros, se bañaba en la gran hondonada que dejó el trabajo de los mineros, una pequeña laguna cuyas aguas, fieles espejos, reflejaban las distintas tonalidades del cielo, solo distorsionadas por pequeñas ondulaciones.

Como surgida de un sueño, una joven se bañaba desnuda, ajena a su llegada. En la orilla, su ropa y un cuaderno con los versos que el joven había leído en su ordenador.

Los recuerdos de la amistad que les unió en su juventud los llevan a darse la oportunidad de verse de nuevo y compartir el camino bajo un mismo sol.

Sus pasos les llevaron a un mirador que abarcaba un amplio horizonte vestido con los colores de los campos: intensos ocres, rojos y verdes, y, dominando el fondo, la sierra salmantina.

El encuentro es entrañable. Miradas, sonrisas y una dulzura que galopaba entre la amistad y el cariño. Los corazones a salvo se cogen de las manos; no hay lugar para las palabras en el libro de la vida. El tiempo se congela como por arte de magia mientras navegan por un mundo irreal, etéreo. Desnudos, a la luz de aquella llama, intercambian caricias, perdiéndose entre los besos, haciendo el amor, bebiendo del néctar de sus deseos. Trasladados en el tiempo, compartieron aquel paraíso bajo una intensa puesta de sol que incendiaba el cielo.

Llega la hora de despedirse. Sin mirar atrás, se alejan de la vieja mina y, los corazones varados, mientras sus rastros desaparecen, despiertan de aquel sueño. A medida que avanzan, sus rostros van envejeciendo.

Un oscuro objetivo
en el horizonte

La palabra «imposible» martilleó por unos instantes su mente mientras miraba el mundo y su indiferencia. Frente al espejo, se preguntaba quién era, quién escogía, la vida o él. Ya no quedaba tiempo para la duda. No podía dejar morir su sueño. Resiliencia, ser fuerte a pesar de las tormentas. Cuando hay tormenta, los pájaros se esconden, pero las águilas vuelan más alto.

La sensación de vacío podía ser un punto de inflexión que le hiciera reflexionar sobre aquello que quería realmente y cómo lograrlo. Debía buscar en su interior y hacerse preguntas porque, en situaciones de adversidad, si una persona es capaz de darle sentido, podía convertir su tragedia en un logro, en una forma de superación.

No podía dejar morir su sueño de pertenecer al fascinante mundo de la política y, aunque sabía que no sería un camino de rosas, pues los políticos a menudo priorizan sus intereses personales sobre el bienestar del público. Aun así, decidió marcharse aquel mismo día a la ciudad para buscarse la vida.

Empujado por su obsesión, costara lo que costase, llegó incluso a hacer de él mismo una mentira: cambiar gustos, hábitos, apariencia, oruga transformada en mariposa jugando a cosas prohibidas, pues las mentiras son tan frecuentes en política como en la vida cotidiana, de modo que la audiencia comprenda exactamente lo contrario de aquello que literalmente se dice. Ser un buen político implica tener distintas habilidades y conocimientos que son indispensables para dedicarse a esta profesión y desarrollar habilidades concretas como la oratoria, la negociación, la ambición desmedida, la manipulación y el narcisismo para influir en el comportamiento de las personas y su interacción con el entorno.

La norma no guía la conducta de los individuos. La gente quiere líderes en quienes puedan confiar. Busca un partido afín a tu ideología y afíliate. Debía darse a conocer y promocionarse a sí mismo. La imagen que des de tu persona dependerá exclusivamente de ti y tendrás que demostrar lo que vales para que te tengan en cuenta y te voten. La política es el arte de servirse de los hombres haciéndoles creer que se les sirve a ellos. El lado oscuro de la política se refiere a aquellas acciones, motivaciones y consecuencias negativas asociadas a su actividad que van en contra de los principios democráticos, éticos y morales. La corrupción corre por los genes de la gente dominante de este país.

En política, el vencedor es quien tiene razón y ejerce un poder fáctico en su nación. La ley y las instituciones dependen del capricho de quienes ostentan el poder y del mal uso o el abuso del poder público para beneficio personal y privado, además de la manipulación de las emociones y las necesidades de la población para obtener poder político, el aprovechamiento del poder con la mayor insolencia posible. Las formas de corrupción varían, pero las más comunes son el uso ilegítimo de información privilegiada, además de los sobornos, el tráfico de influencias, la evasión fiscal, las extorsiones, los fraudes, la malversación, la prevaricación, el caciquismo, el compadrazgo, el nepotismo, la impunidad y el despotismo.

El mal siempre será mal, independientemente de las apariencias o de las promesas vacías, las oquedades de la mediocridad y la incompetencia, oprimiendo a los ciudadanos a través de la dictadura burocrática y mostrando de forma descarada incompetencia y mediocridad. Con el mal uso o el abuso del poder público para beneficio personal y privado. Las reglas del juego en la administración pública no se cumplen, pues son fáciles de romper. El estado de derecho es un medio para lograr una falsa legitimidad, un instrumento de manipulación y, a veces, de represión.

Disponer de unas «reglas de juego» claras, que varíen poco a lo largo del tiempo y, principalmente, que todos cumplamos, es el paso principal para evitar la corrupción. La calidad de las instituciones no «florece» por sí misma. Quienes gobiernan deben rendir cuentas. Hay una cultura de impunidad que en algunos momentos es terrible. Ahora mismo es una quimera, porque todos los partidos «saldrían perdiendo».

Educación, transparencia, difusión mediática de la corrupción y sanción serían los ingredientes básicos para una mejora del sistema político cuya estructura termina condicionando la voluntad de la población y acaba convirtiéndose en una tiranía, imponiendo una ideología y controlando a la población. Los ciudadanos a menudo se sienten traicionados por sus representantes electos que priorizan el beneficio personal sobre el bienestar público.

Es a través de la transparencia cuando los ciudadanos pueden participar activamente en la democracia y exigir que sus funcionarios electos cumplan con los más altos estándares de integridad.

Viaje interior

Su pálida tez anunciaba la tristeza interior que intentaba eludir con su fija y profunda mirada. Corazón encadenado, perdida entre dos aguas, temblaba, aunque intentaba disimularlo poniéndose sumamente erguida para así destacar el orgullo que sentía.

Inundada por la quietud, parecía sacada de la mano de algún pintor, pero solo era fantasía engañosa para no dejarse ver. No quería ser transparente para los demás, sino enigmática y misteriosa para así despertar la curiosidad a su alrededor y evitar las preguntas incómodas y establecer límites en su lucha por darle un sentido a su existencia y la búsqueda de sentido en un mundo, para ella, absurdo y desconcertante, y hacerle frente a todos los «cómo», «cuándo» y «dónde» para no sentirse frustrada y desmotivada. Respuesta primaria a la vivencia a nivel emocional, elaborada a partir de dicha situación y su incapacidad para la espera, y su razonamiento rígido e inflexible que la llevaban a elaborar una serie de expectativas alejadas de lo racional.

La búsqueda de este sentido es un trabajo arduo al cual cada ser humano se debe someter constantemente en su vida. Quizás, debía reinventarse, buscar un propósito vital para levantarse cada día, para poder conseguir nuevos propósitos y proyectos para su vida, un objetivo en el horizonte.

Atormentada por la incertidumbre y la angustia existencial, el salón oscuro y algo tenebroso la acogía cada noche, metáfora de la incertidumbre y la confusión que rodeaba su vida. Solo brillaba el fuego de la chimenea y alguna luz intermitente que se colaba por las ventanas. El negro era el color predominante, solo roto por algún cojín rojo y verde que daban al sofá un cierto aire de jardín, aunque algo mustio. Los cuadros eran rostros de los antepasados familiares que ya no existían y, aunque sonreían, llevaban a la tristeza al recordar su pérdida.

Tumbada en el sofá, con la cabeza apoyada en el cojín verde, la mirada fija en el techo, se regodeaba inmersa en aquella oscuridad, tropezando cara a cara contra la realidad, casi siempre gris, como si fuera un espejo que reflejara su vida de incertidumbre y confusión, y con el que se sentía parte de lo que la rodeaba y así no se perdía en la negrura de su vida lúgubre y siniestra, edificio en ruinas envuelto en una nebulosa en la que lucha por encontrar su lugar en el mundo mientras se debatía constantemente entre la razón y la emoción, entre la esperanza, la desesperación y el sentimiento de vacío existencial que la envolvía mientras se preguntaba: «¿Para qué he venido al mundo?», «¿Cuál es el motivo de mi existencia?», tratando de buscar la propia esencia de su existencia. Encontrar este sentido le permitiría darle color a su vida.

Cambiar de rumbo o tomar nuevas decisiones con respecto a proyectos u objetivos en su vida le generaba un cierto miedo y le costaba comprender por qué no se le daba todo lo que deseaba. La sensación de vacío podía ser un punto de inflexión que le hiciera reflexionar sobre aquello que quería realmente y cómo lograrlo. Debía buscar en su interior y hacerse preguntas, porque en situaciones de sufrimiento y de adversidad, si una persona es capaz de dar sentido a la adversidad, podía convertir su tragedia en un logro, en una forma de superación.

No debía buscar ese sentido fuera de ella, sino solo dentro de ella misma. Alcanzar el autoconocimiento no siempre es fácil; requiere tranquilidad y la voluntad de girar la mirada hacia uno mismo. Reservar un momento para pararse en medio de la vorágine cotidiana y reflexionar sobre sus habilidades, sus virtudes, sus defectos. Esto la ayudaría a saber quién era y quién quería ser. Preguntarse cuál era el rol que tenía dentro de su vida para dejar de culpar a otros, asumir sus responsabilidades y convertirse en la protagonista de su propia historia.

Este viaje interior para lograr respuestas es el que le permitiría alcanzar la paz que necesitaba. Ser consciente de lo que quería cambiar de ella misma y comenzar el trabajo de convertirse en quien quería ser es un acto de valentía. La realidad la retaba a que realizara un esfuerzo mientras se decía a ella misma: «no te dejes llevar por tus emociones negativas. Tampoco intentes luchar contra ellas: nunca serán tus enemigas si les das el trato adecuado. Por muy complicada que sea una situación, siempre hay una puerta de salida. Las cosas de la vida siguen su rumbo, pero no te dejes llevar por el destino, ese que te empuja hacia una sucesión inevitable de acontecimientos y de circunstancias de las que no puedes escapar. Permítete inclinarte por una determinada senda, reconociendo tus errores, confiando en ti misma y asumiendo nuevos retos. Es como la búsqueda del tesoro: hay que encontrarlo.

Vuelo de golondrina

.

Muchas veces, algunos objetos nos provocan respirar otro aire fuera del presente. Las emociones se encuentran íntimamente vinculadas con la memoria y nos ayudan a reconocernos a nosotros mismos en el pasado y devolvernos al presente.

La música hace florecer, como las rosas de un rosal, los recuerdos y los devuelve a la vida, reconectándonos con momentos emocionalmente positivos de nuestro pasado. Nuestro día a día carece de banda sonora espontánea, pero muchos de nuestros recuerdos son películas mentales que empiezan a proyectarse en nuestra cabeza cuando escuchamos una pieza musical familiar, que actúa como su banda sonora, transportándonos en el tiempo.

Escuchar una canción puede transportarnos a otro tiempo y lugar, reviviendo experiencias con una claridad asombrosa, añadiendo matices emocionales que antes no estaban presentes.

Cuando se escucha una canción de hace años, se suele sentir que se viaja de vuelta a ese momento; vuelven los recuerdos de un tiempo perdido en el horizonte. Recordamos momentos felices y reaparecen imágenes, sentimientos y escenarios del pasado.

Ciertas canciones actúan como una línea directa de comunicación con mi yo más joven, la banda sonora de mi vida detonando emociones poderosas y transportándome en el tiempo. Una amplia gama de emociones interconectadas: alegría, placer, tristeza, embelesamiento, nostalgia, aprecio estético, emoción.

La memoria tiende a filtrar y retener lo mejor, dejando de lado los aspectos negativos o difíciles que también formaron parte de aquella época. Evocar, recordar, rememorar los recuerdos vividos, una experiencia emocional profundamente nostálgica. Partituras de lo que fuimos, canciones de lo que éramos, y aún somos, himnos y extensiones de nosotros mismos, nuestra esencia, un manto de dulzura. Cuando se escucha una canción de hace años, lluvia sobre nuestro tejado, se suele sentir que se viaja de vuelta a ese momento; como hiedra, vuelven los recuerdos de un tiempo perdido en el horizonte. Una experiencia emocional profundamente nostálgica.

Lo inolvidable permanece en la memoria pese al paso del tiempo y se vuelve imborrable, imperecedero, inmortal, indeleble, perdurable. Cada uno de nosotros podría armar una banda sonora con aquella música o canciones que realzaron los distintos acontecimientos de nuestra infancia, nuestra adolescencia, nuestros amigos y nuestro primer amor.

La música queda asociada fuertemente a nuestras vivencias personales y, al volver a escucharla, podemos recordar o evocar ese recuerdo. La relación entre la música y la memoria es poderosa. La música tiene el potencial de quedar asociada fuertemente a vivencias personales mientras te cuenta retazos de tu historia: *Yesterday*.

Me veo de nuevo en aquel salón, escenario del pasado, atmósfera en la que se desarrolló mi infancia. Momentos compartidos en aquel salón mágico. Canciones que ya creíamos olvidadas que enriquecían nuestro lenguaje y aumentaban mágicamente nuestro vocabulario.

Vuelo de golondrina que nos hace soñar, azul en el corazón, un rayo de sol, *love in the air, song song blue, sealed with a kiss, honey,* poesía en movimiento. Recordar es volver a vivir los sueños perdidos.

Índice